前 言

素描训练是加深我们对客观事物的认识的重要途径之一，它能使我们跨越对客观事物的一般表层印象，深入到其形体内在结构与本质的研究。素描训练，不仅要学习如何表现客观对象的形体关系，而且更要学习如何通过表现对象来提高我们对客观事物的感知、判断、认识能力和审美能力。对初学者来说，需要经历较长的实践过程，只有在反复的体验和总结中，才能领悟到素描作为一门绘画艺术的真正含义。

从字面上理解，素描是指用单色描绘物体，但是，其实质的内涵更丰富、更宽泛。它将物体在视觉范围内呈现出来的各种规律，通过一定的手段表现出来。在素描训练中，观察方法、结构组合、构图规律、透视现象、层次感觉、表现形式等方面的学习，应循序渐进，这样才会不断更新认识。因此，在整个学习的进程中，在掌握了素描基本要素的前提下，要善于体会物体的各种变化，使物体通过浓与淡、粗与细、刚与柔的线条，表现出艺术的真实感觉。

对于初学者，一般要求从简单到复杂，逐步掌握学习的方法。

在前一册单个静物写生中要求初步掌握了整体地观察、运用最基本的辅助线确定物体在画面中的位置及注意形体的高宽比例等方法，并且根据形体的结构关系，在特定的视角下，画出最基本的形体特征及形体的结构组合关系的方法。在进入复杂的组合静物的学习中，要学会把复杂形体概括成为多个简单几何体，同时要观察形体在空间中的前后层次变化、物体在光线影响下的明暗变化，通过线条的变化来体现，以展示静物形体与材质的特征。

一幅画要经过反复的观察、理解和表现，才能提高作画者的绘画表现能力 。

大多数的组合静物画都由多个静物组合而成，这时应注意组合静物在画面上的位置关系和物体排列形成的图形，如三角形、四边形、S 形等。

在组合静物写生时，需注意以下几点 ：

第一，应确立画面的最高点以及左右两侧的端点，将静物基本概括在这个大形之内。这些概括的辅助线能使我们在打形的一开始就形成整体的概念。通过这几根大的辅助线，我们可以检查画面的构图是否饱满，是否有偏差。

第二，观察并确定画面的视觉中心，通常取在画面中点偏上的位置，这样可以使画面显得更开阔。用概括的几何形框住每个要描绘的物体，这一步要注意物体间的大小比例。

第三，抓住每个物体的明暗交界线，围绕形体特征进一步准确地描绘对象的形体，去除不必要的辅助线，可以更直观、更准确地判断对象。

第四，注意从整体上把握画面的大关系：主题与环境的关系，静物与静物之间的空间关系，黑白灰关系等。

组合静物的构图

所谓构图就是指作画者对客观物体在画面中的位置、大小的安排，也就是说，把观察到的客观对象，较合理地放置在画面中。较好的构图必须符合审美规律。画面要稳定而不呆板、饱满而不产生压迫感；画面要有主次，有近有远，错落有致，活泼而不散乱；整体黑白布局要合理，注意平衡感等等。

初学者可以在作画前先画些小构图，比较一下，从中获得比较理想的构图效果后，再正式作画。

1.常见的几种构图

合适的构图

中心式

水平构图

倾斜构图

A 型构图

不合适的构图

太大

太小

太满

偏左

偏上

偏下

偏右

松散

密集

仰视

俯视

平视

同一组静物不同视角的构图

2．不同视角与构图的变化

由于物体的观察角度是可变化的，所以画面会产生完全不同的构图形式。作画时，要根据物体之间所构成的最大的基本形态来确定画面的构图。一定的视角方向，决定了画面的构图方式。所以我们要仔细观察分析客观对象，研究它们的形态变化和在空间中的位置，以主要物体来协调其他物体在构图中的关系。

静物写生的透视规律

物体在空间中，在特定的视角下会产生近大远小的变化，这种变化在绘画中称之为透视现象。透视现象在我们的生活中随处可见。站在马路中心，会看到路两边的房子、树以及车道线都会渐渐集中在正前方的一个消失点，透视学称这一点为灭点。最常见的透视是平行透视和成角透视，它们能帮助我们更好地理解客观对象的形体在空间中的变化。

透视学中的常用名词

a.视点：就是画者眼睛的位置

b.视域：就是画者固定朝一个方向观看时，两眼能见到的全部范围

c.视平线：就是画面上与视点等高的一条水平线

d.主点：又称心点，就是画者视线垂直于画面并相交于视平线正中央的一点

e.视中线：视点与主点的连线

f.消失点：亦称灭点，是变线延伸至无限远的消失点

基本透视规律及应用

a.大小相等的物体，近处的大，远处的则小。

b.距离相等的物体，越接近消失点他们之间的距离越细短。

c.与作画者的眼睛等高的水平线称为视平线，透视灭点均在视平线上。

d.比视平线低的物体，能看到它的上面；比视平线高的物体，则能看到它的下面。

e.位置在作画者右方的物体，能看到它的左面；位置在作画者左方的物体，则能看到它的右面。

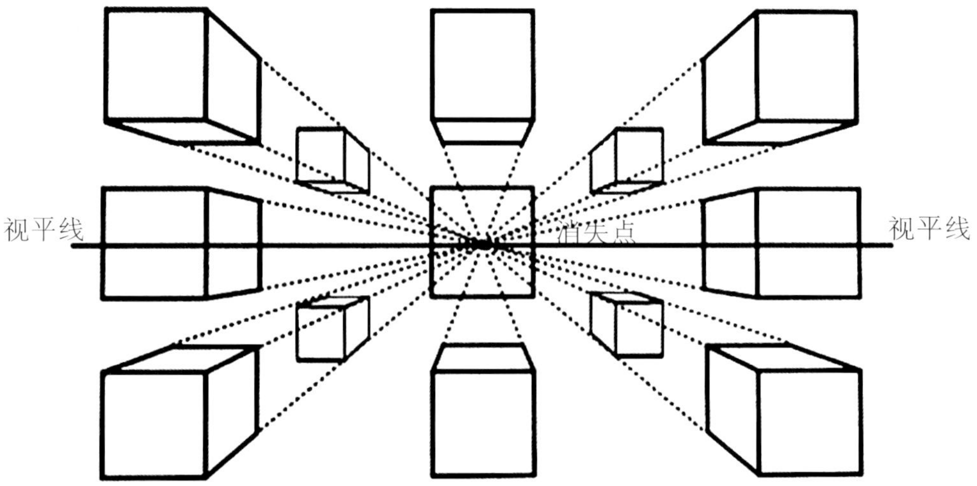

平行透视图

平行透视

又称为“一点透视”，也就说一个物体的底基线与画面或视平线平行，消失点只有一个。

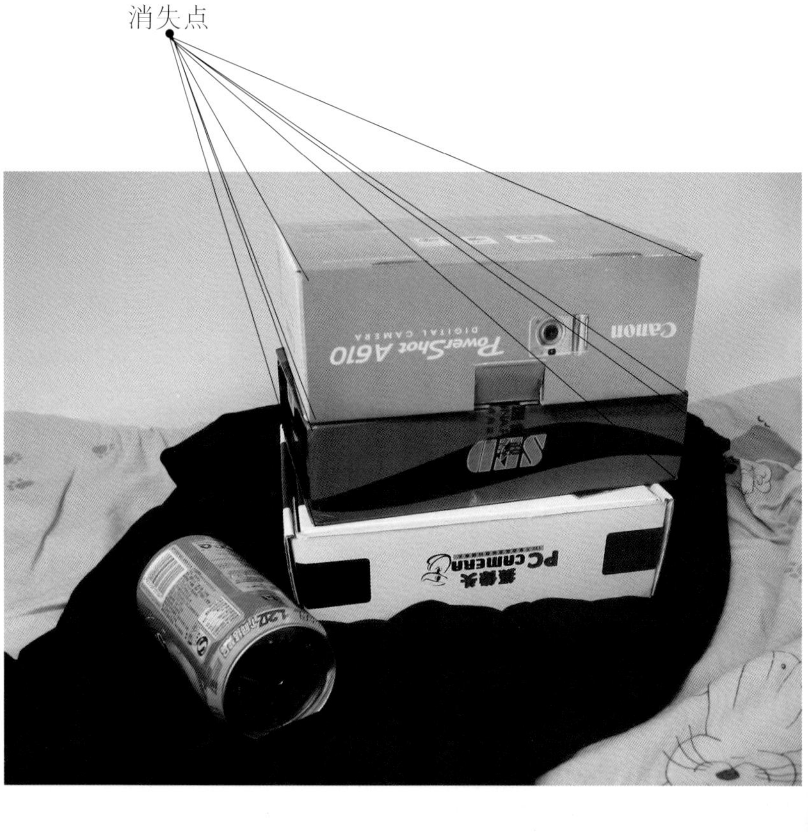

成角透视

也称为“两点透视”，画面上有左、右两个灭点。

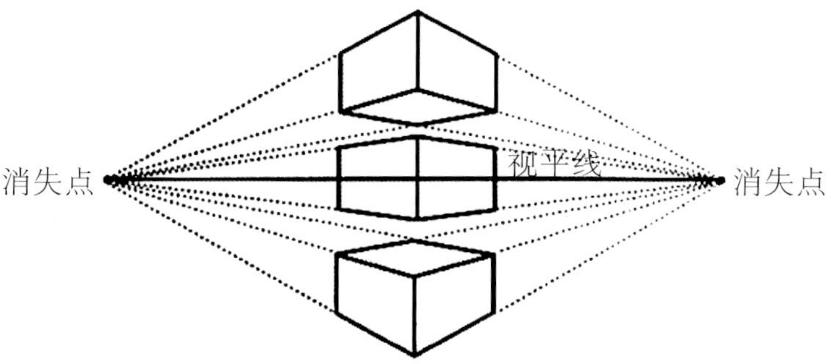

成角透视

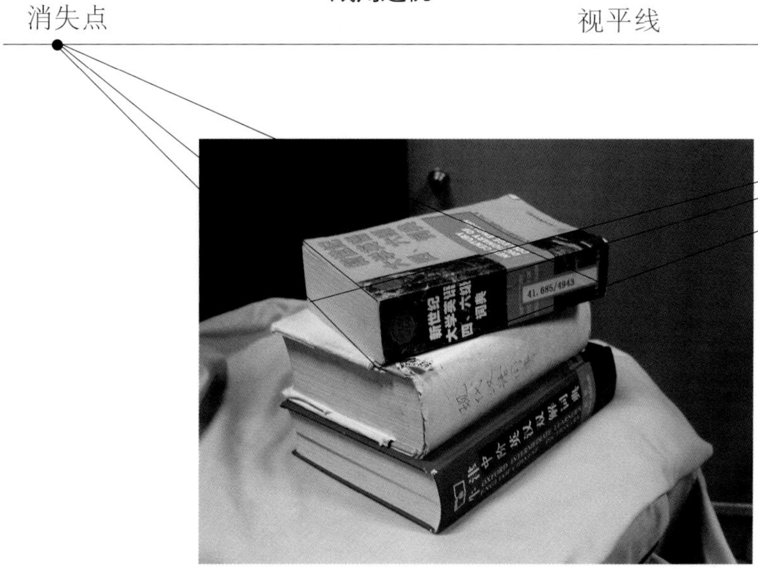

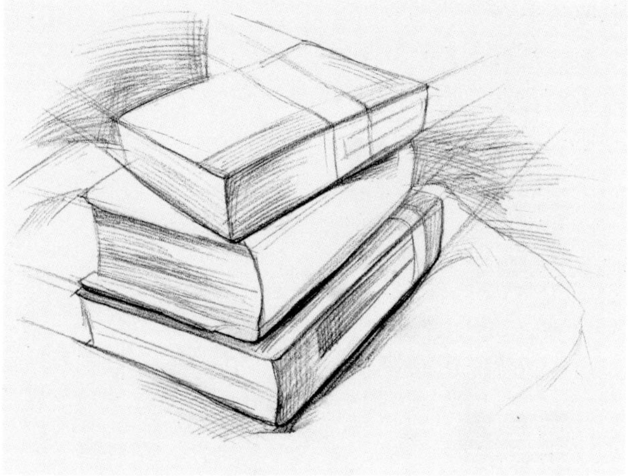

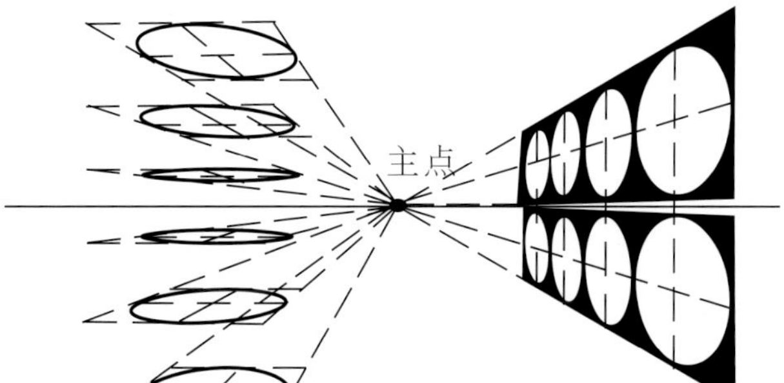

圆形透视

圆形透视

它是建立在方形透视基础之上的，特点是圆形离视平线越近，圆形越扁，反之越圆；如果与视平线水平重合，则圆形便是一条直线。如与视线垂直，则圆形为正圆（注意透视中的圆形弧线距视点近的那一半稍圆，远的稍平）。

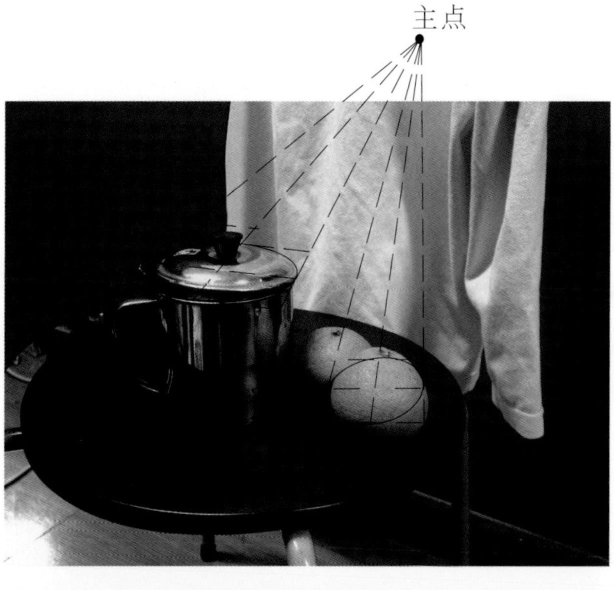

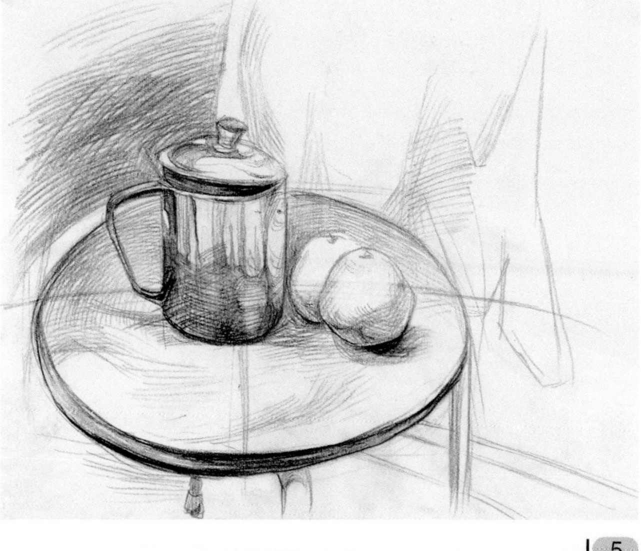

观察方法

观察是先决条件，观察方法的正确与否，直接影响到素描的效率和效果。

1.立体的观察方法

对对象所有的造型、体面关系要进行全方位的观察，上下、左右、前后，反复研究，不清楚的地方甚至可以用手去触摸感知。对结构、体面、比例、透视等关系形成一个全面、立体的概念。要相对地概括、减弱一些无关对象基本形体特征的细节，从主体的大体块、基本形入手。

2.整体的观察方法

整体观察的重点就是通过比较来观察分析对象，使对象的空间远近、形体大小、虚实、明暗强弱等大关系的变化都明显呈现出来。在具体运用中，我们常常能够通过一些具体方法去完成整体观察。如“退远看”、“眯起眼看”等，都是为了削弱细节关系，以利于整体观察。在作画过程中一定要多比较，不断进行整体分析和观察，抓大局，以免钻局部而顾此失彼。

整体观察的一般方法：

整体比较，分析各形体本身及他们之间的基本形、比例关系和大动态。

退远看，使整个画面成为视觉焦点。看大局，看整体比例和黑白灰大关系。

眯起眼睛看，削弱细节，分析形体、明暗的大关系。

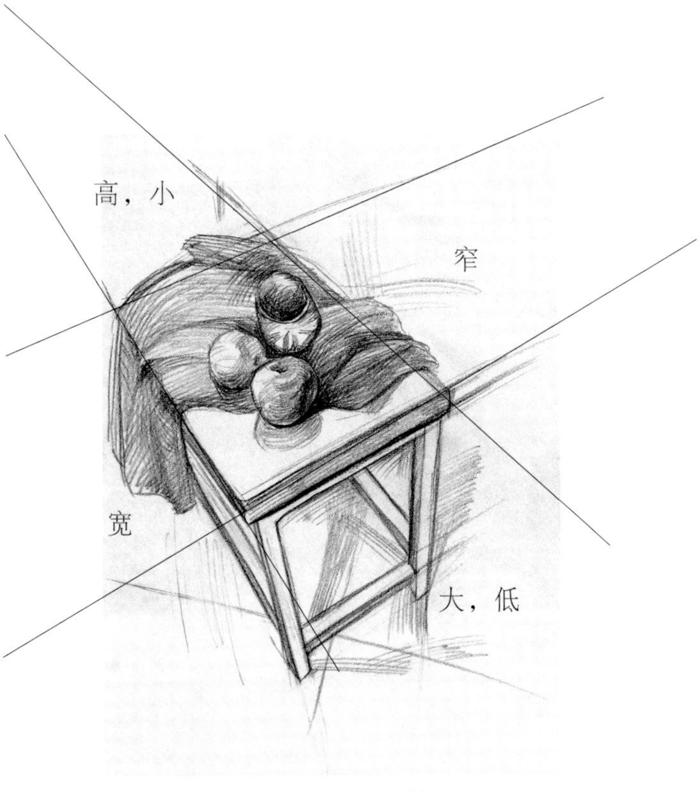

对结构、比例、透视等关系进行全面、立体的分析与比较。

虚实关系的处理与比较。

结构素描的画法

结构素描的特点，是以概括、简练的线条为基本语言，相对忽略明暗、光影变化及质感，而沿物体的结构走向用笔，强调对象的轮廓和结构特征。要求以理性的态度分析、描绘出物体的多维空间轮廓及内在与外在的结构转换关系。

结构素描的作画步骤

1.打形

定出构图及大比例的位置。

2. 物体结构分析

再用直线画出整体的大框架、基本形及空间透视关系。

3. 主体的塑造

观察分析各物体的外轮廓和内在结构，用概括、果断的线条表现忽略明暗、质感等细节。

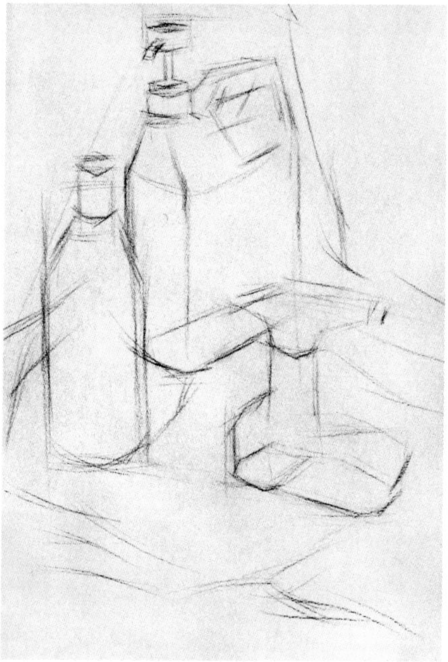

1

2

3

结构与明暗结合的画法

这种画法有利于初学者进行基本形体结构与空间透视的训练，可避免单纯的结构素描画法容易概念化的缺点，有利于体积、质感的表现，也可回避明暗素描容易造成的对光影、细节的过分着迷。此种画法要注意从对象的基本形入手，才能找出大体块和基本形，以方代圆，概括、肯定地塑造大明暗、大体块及基本结构。画面要拉开主次关系，相对削弱细节，强调结构的穿插转换及空间透视关系的准确表达，可适当画些灰面，以利于体积与质感的刻画。

结构与明暗结合的作画步骤

1. 打形

定出构图及大比例的位置，再用直线画出整体的大框架、基本形及空间透视关系。要随着形体、结构的走向，果断、大胆而放松地用笔，形体要概括，抓基本形、特征形。打形的方法灵活多变，因各人的习惯和经验而异，但万变不离其宗的是整体的观察方法，排除物体表面的复杂变化，看到基本形体。

2. 物体结构分析

分析和描绘各静物主体的基本结构、形体及大体块转折关系。再复杂的形体都能通过观察，概括成简单的几何形体，把几何体写生所认识到的关于形体、结构、块面、空间的知识运用到较复杂的静物写生中，并通过块面观察、理解静物的结构和明暗规律。

3. 上大明暗

从主要体块关系入手，着重塑造、刻画主要形体的轮廓、结构转折及明暗交界线，明确地表现出对象的结构造型和空间透视关系。

4. 主体塑造

进一步深入塑造主体，拉开对比和强化形体、空间关系。深入刻画特征形体及体面的结构转折，并围绕重点对象适当画些灰部与细节，表现出丰富的体面关系和质感，以利于主体的突出和空间的强化。

1

2

3

4

优秀范画

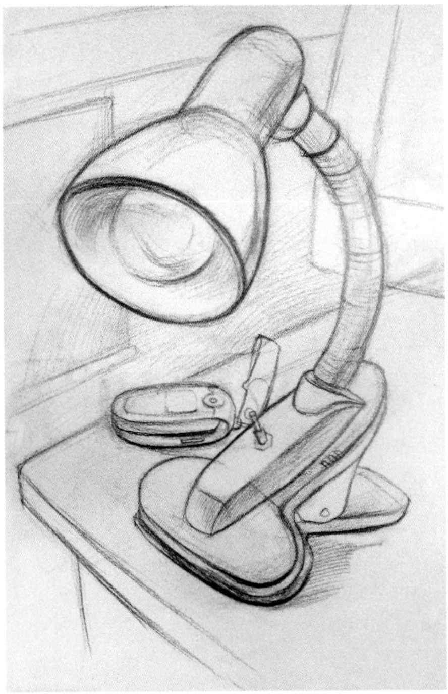

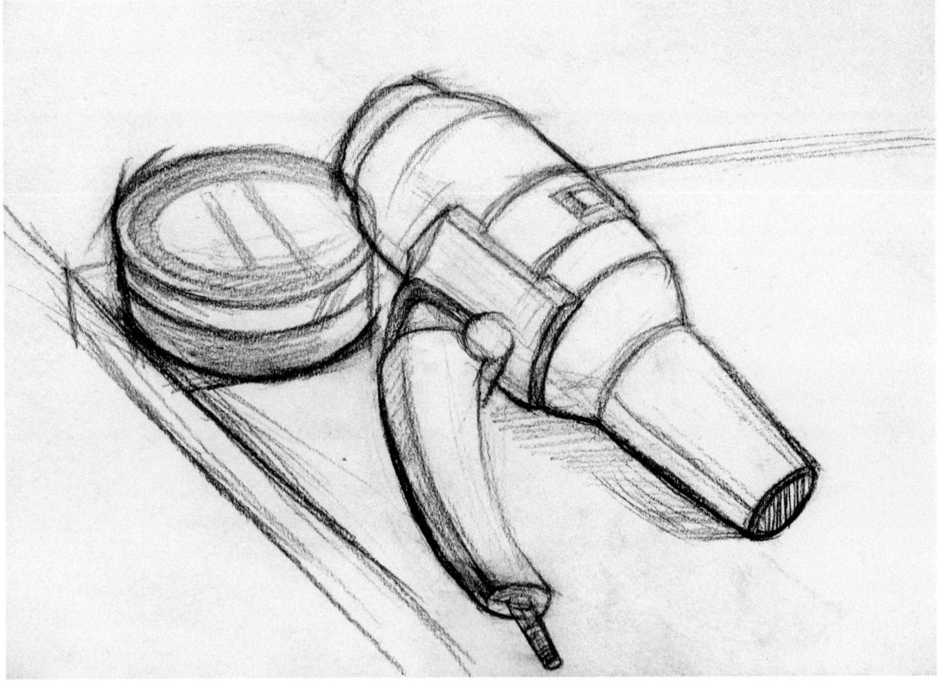

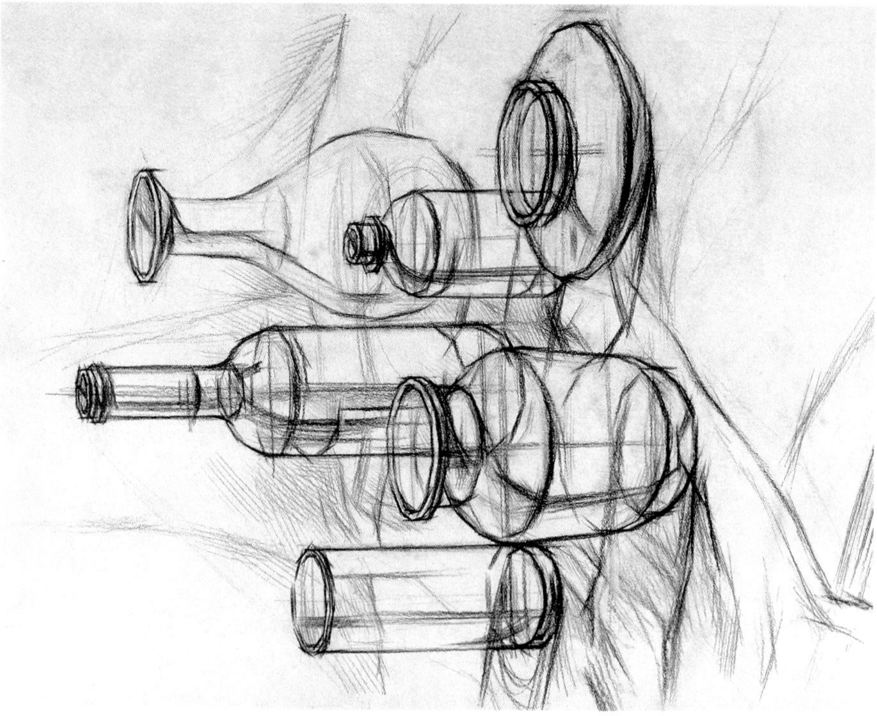

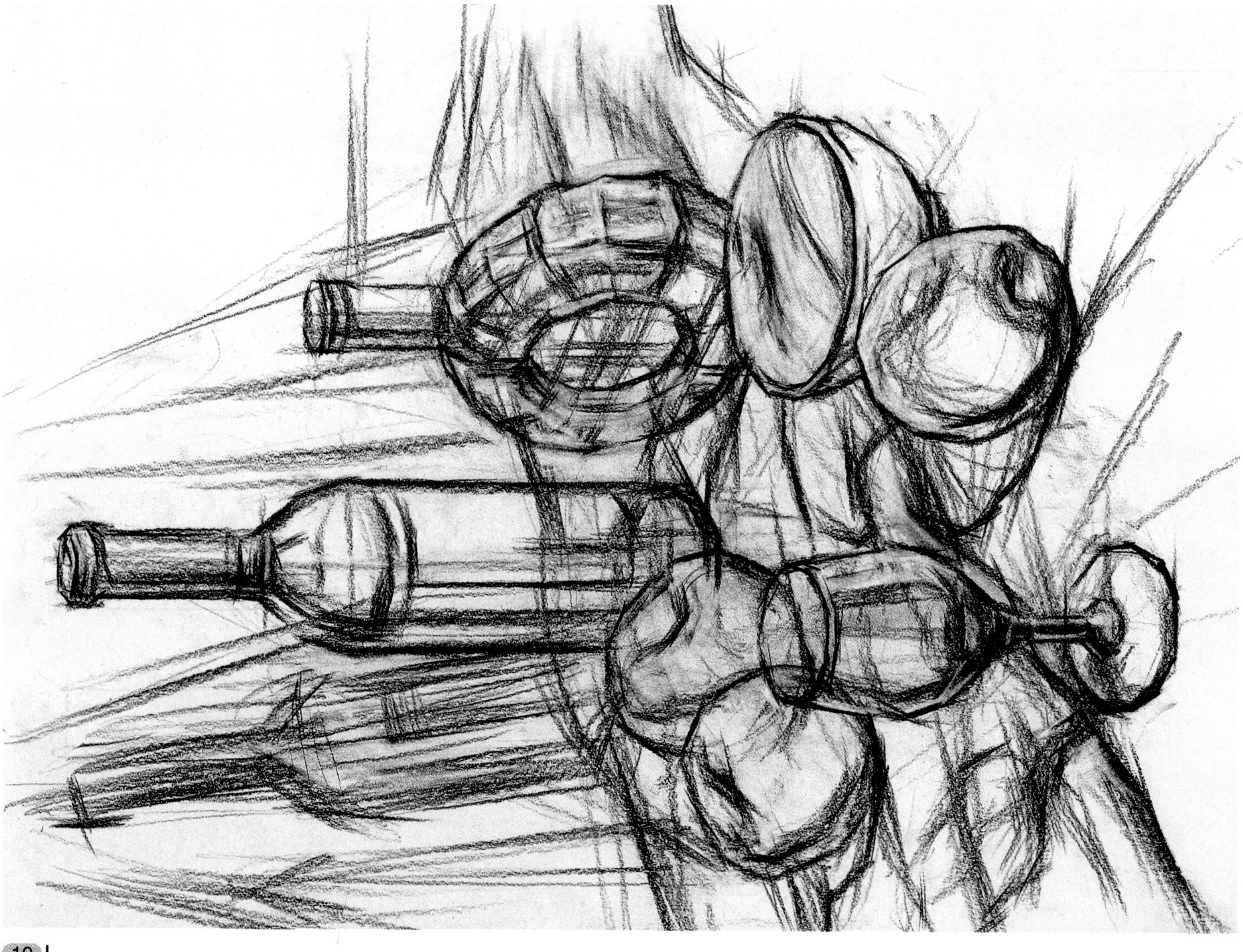

明暗素描的画法与步骤

1.明暗规律

结构素描着重研究形体的构造特点和空间变化。而明暗素描除了研究形体结构变化的一般规律外，还着重研究形体结构的空间变化而形成的明暗变化。通常物体在空间的立体感与光对它的作用有着密不可分的关系，在光的照射下产生明暗变化。这种变化可增强物体在视觉范围内的体积感，使我们能更直观地感受它的形体面的方向和形体面之间微妙的转换过程。

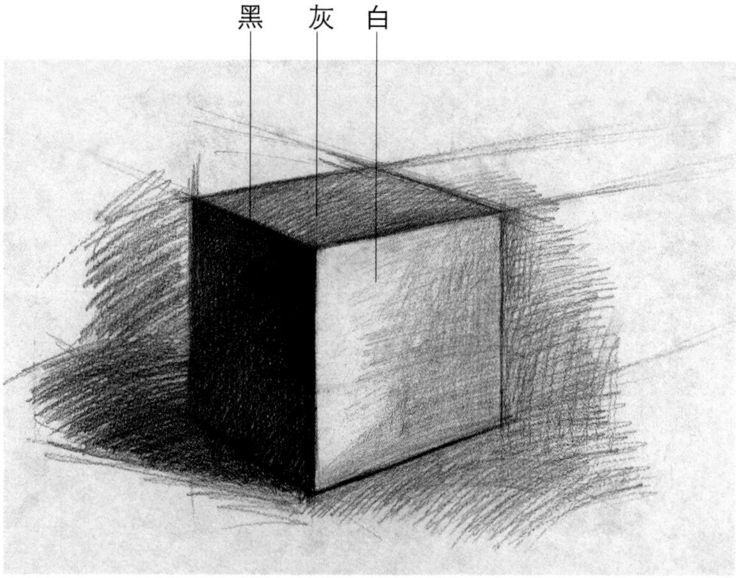

三大面

2.“三大面”和“五大调”

我们把明暗色调的变化规律，用“三大面”和“五大调”来概括。“三大面”是指物体在空间中受光线影响而产生的最大形体面的明暗变化，俗称“黑白灰”。“黑白灰”是明暗变化的表现，能产生最基本的形体效果。“五大调”是指由物体的明暗变化而形成的基本层次变化规律，即：亮面、中间色、明暗交界线、反光与投影，从而产生强弱、虚实、深浅等对比关系。在具体的绘画中，掌握这些基本规律，对丰富视觉、提高绘画能力有很大的帮助。

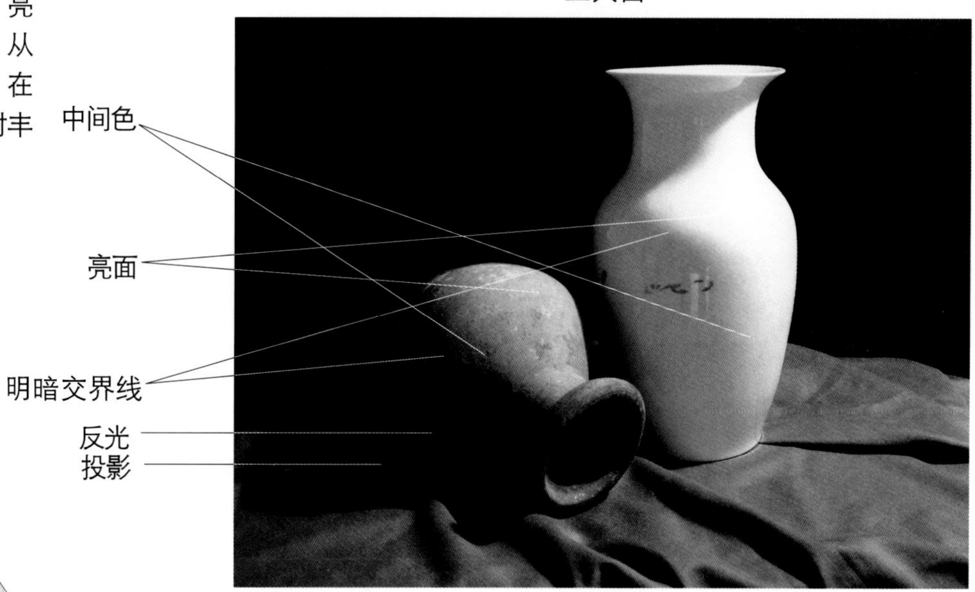

五大调

3.不同光源的结构变化

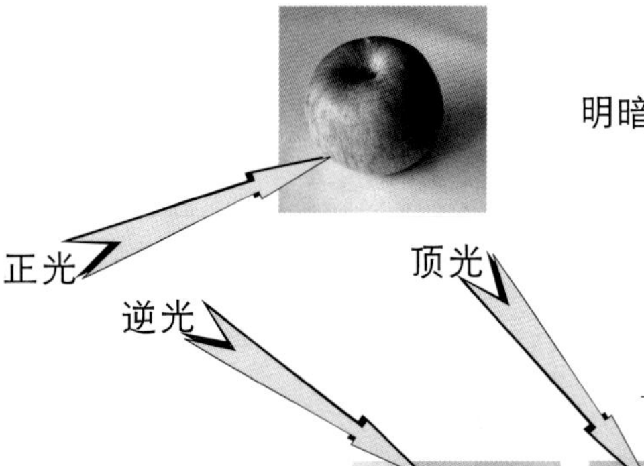

静物在不同的光源中会产生不同的光影变化，其明暗交界线的位置也不同。

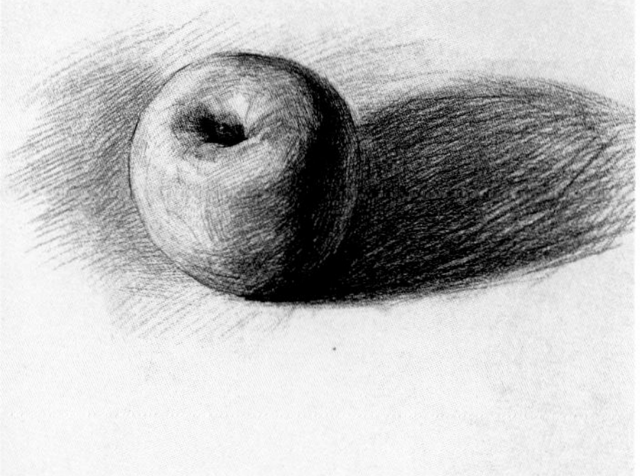

正光

顶光

逆光

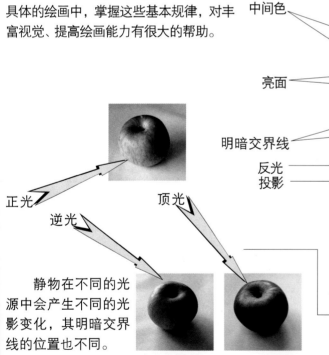

组合静物的学习要点与分析

从多个角度去观察分析物体与物体之间的前后、左右、上下等透视关系。

物体的亮面与亮面之间，暗面与暗面之间应区别对待。

衬布投影中也有反光，较其边缘线浅、虚。

把手的正面、内面应清晰地对待，在表现出厚度的同时，又要注意靠背景和投影部位的虚实关系。

加深明暗交界处，突出壶身

壶盖部分的环形结构线应注意，靠前面的画得深实，并且刻画出小投影的深浅变化，突出亮面，靠近背景的应处理浅、虚，加强空间的深度感。

可通过边缘线的刻画来拉开壶嘴与酒瓶的前后虚实关系。

观察两个杯子之间的前后透视关系。前面的投影清楚些，深一些，后面的则模糊些。

灰面的塑造应整体，适当交待小结构。

固有色为深色，应清晰地把握好块面结构，表现出力度和重量感。

明暗素描的作画步骤

1. 构图与打形

定下构图，确定基本比例关系，再用概括的线条画出大轮廓及形的动态关系。

2. 结构和体块分析

概括画出主体静物和衬布、背景的基本体块和整体大明暗、空间、体积关系。

3. 铺大明暗

从大体块入手，进行概括性描绘。此步骤的重点是整体画面的大明暗及基本空间、体积关系的明确，为下一步的深入塑造打好基础。不能因为盯局部、钻细节而忽视了整体。

4. 深入塑造

开始着手对各对象的深入塑造，拉开黑白灰大关系，同时不断注意整体关系的调整。

5. 质感表现与统一调整

完稿阶段。要有目的、有控制地进行灰面塑造，丰富质感，拉开主次，并进一步加强主体特征和细节的深入刻画及明暗与空间关系的调整。

艺术处理

对现实生活中的物体进行艺术处理，是静物素描学习过程中研究客观规律的升华，也是一种艺术创造。

1.虚实处理

如何在咫尺范围内表现立体空间，使画面产生深度和广度的变化，这是静物素描学习中的重点研究课题。主要可通过虚实处理的手段来加大画面的前后空间，如：前实后虚，主体实陪衬虚等。

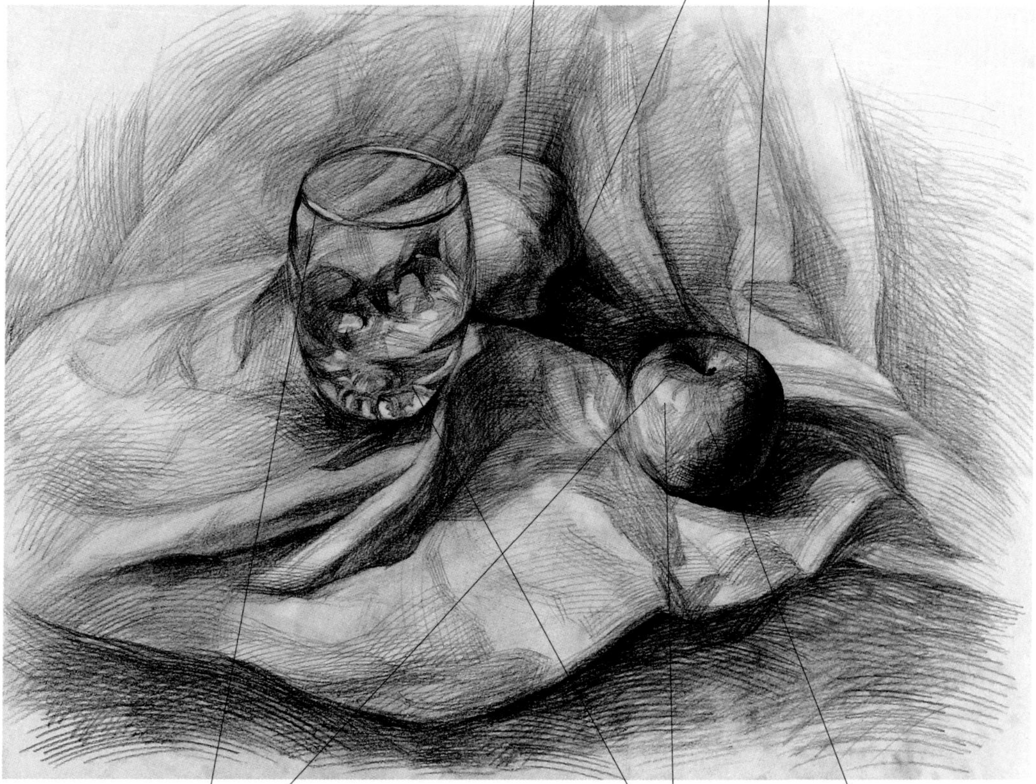

2.黑白灰处理

强调画面大的黑白灰的分割、对比和节奏，有利于主体物的塑造和视觉中心的营造，从而体现物体之间的构成和形式的趣味性。

3.质感处理

通过对对象肌理的刻画，更准确地表现静物的本质特征，增加画面的丰富性和真实性。

玻璃器皿透光性强，表面光洁。

衬布的皱折变化多，要概括、不琐碎。

蔬菜的品种不同，表现形式也多样。

瓷制品表面光滑，有较强的反射面，陶制品则表面粗糙，高光较弱。

水果表面光滑，亮面要保持明度。

金属的表面有强烈的反射光。

组合静物的质感表现与写生方法

水果的组合

苹果、梨、橙子是水果中最常画的对象，是接近球体的水果。作画时，先将这类水果理解成削切的多面球体，分析哪几块在明暗交界线的位置，从暗面着手，把水果和投影联系在一起，再转向中间色，最后画亮面。苹果、梨表面有光滑的质感，亮面要保持明度。

步骤详解

1. 用直线画出水果大概轮廓。苹果等水果是最接近球体的对象，先找出明暗交界线。

2. 画出基本的调子，水果要透明，衬布要沉稳。

3. 找出明暗交界线和反光，投影要处理得透明。

4. 深入调整阶段。要仔细分析每个水果的结构，最好先分块面地观察，再做圆的处理。调子要明快，要画出水果的新鲜感。水果结构一定要抓紧，要表现出水果的硬度。

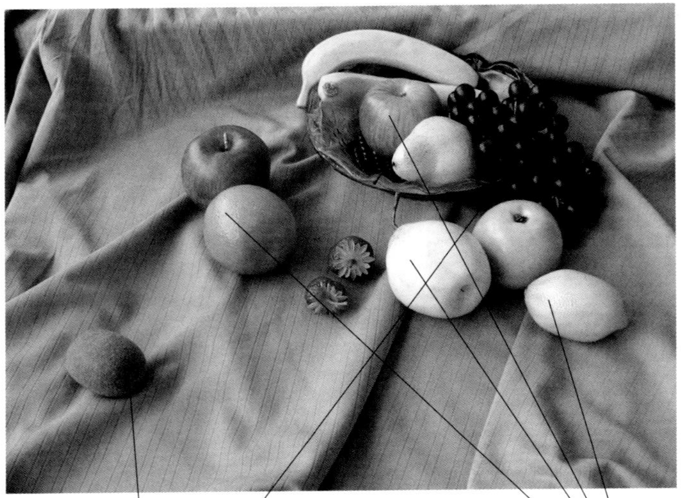

水果暗部调子要稳重。

水果明度要高，亮部微妙，但要抓准结构。

1

2

3

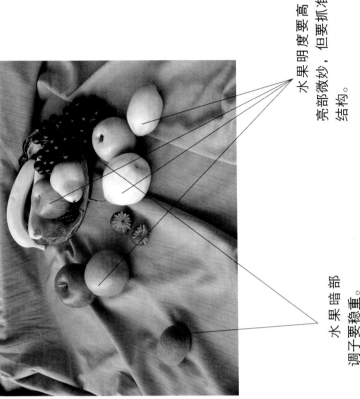

4

蔬菜的组合

蔬菜的种类繁多，表现形式也多样。平时练习要尝试不同的品种，通过大量地描绘、研究，才能总结出规律来。

A.花菜的表面颗粒变化多端，写生时不要受其表面的影响，要抓住主要的明暗交界线。在明暗交界线处画一些突起的大团块，既能表现质感又不破坏画面的整体性。

B.鸡蛋要保持明度，很多学生用笔不注意轻重，导致把鸡蛋画成金属质感。

C.大蒜的表现要整体，蒜瓣不能一一描绘，沿明暗交界处画一些变化即可。同时，大蒜的表面质感粗糙，所以高光和反光都要相对削弱。

步骤详解

1. 起稿时要观察蔬菜的不同造型和结构，要有把色彩转换成黑白灰明度关系的能力。

2. 画出大体的造型和明暗关系，要注意花菜表面结构，不要太碎，葱和蒜要整体表现，鸡蛋要透明、新鲜。

3. 找到明暗交界线和反光，暗部要透气，投影和反光要根据环境来调整。

4. 刻画阶段要注意不同表面质感的区别，注意一些细节的刻画，暗部要整体，不要太碎，要注意蔬菜的新鲜感。

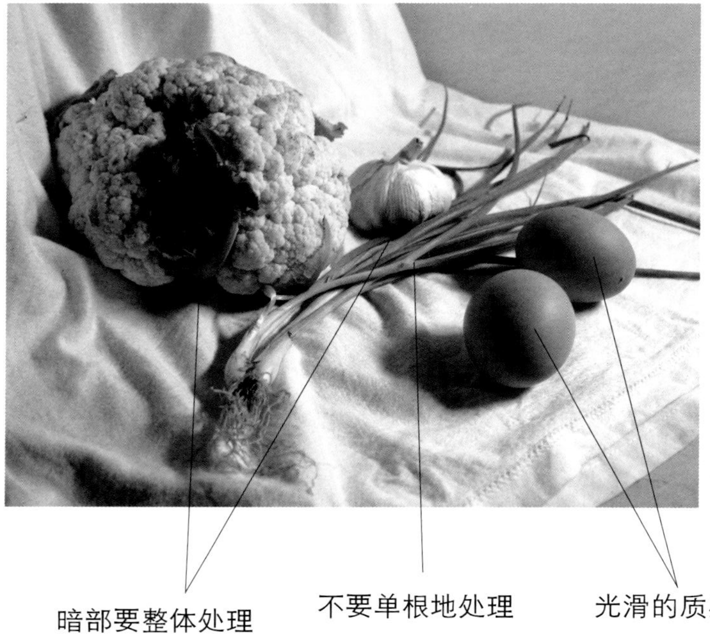

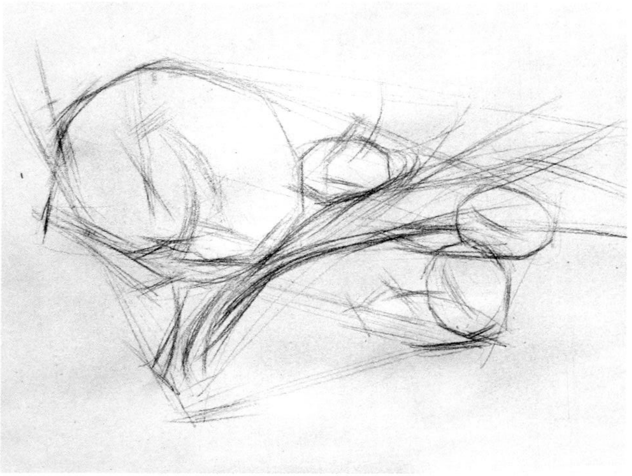
1

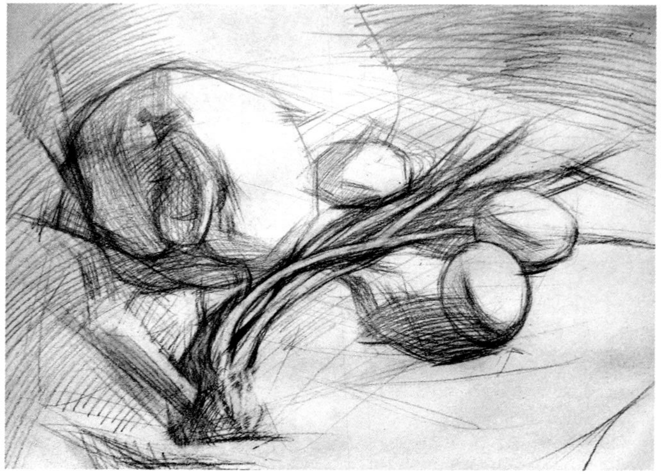
2

3

4

陶瓷器皿的组合

瓷制品表面有一层厚厚的釉，表面光滑，有较强的反射面。画时要考虑环境对它的影响，高光较亮，用笔可顺形自然变化。陶制品表面没有釉层，质地粗糙，高光较弱。

步骤详解

1. 写生前要注意陶制品反光不强、瓷制品反光很强的特点。在合适的位置画出大体的造型。

2. 找出明暗交界线和反光，铺大的明暗调子。

3. 画出大的色调关系，保持整体地观察。

4. 深入刻画阶段要注意陶制品表面不光洁的质感表现，同时要注意瓷制品的高光和反光的表现，如有表面花纹，则要注意花纹的转折和透视关系以及虚实关系。

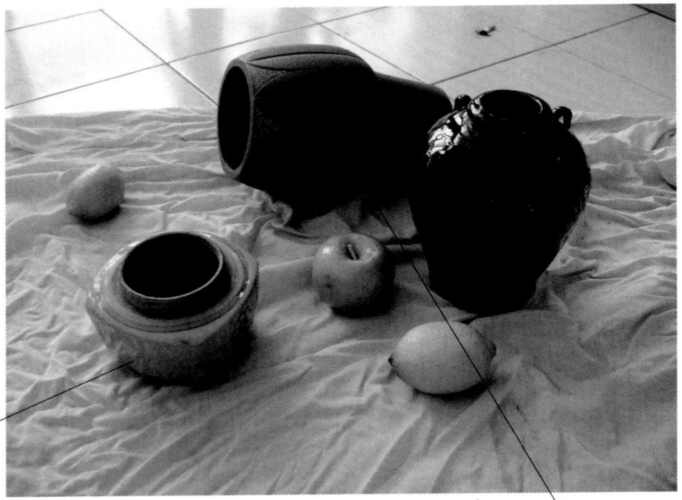

瓷制品的釉面光滑，反光较弱。

陶制品质地粗糙，高光较弱。

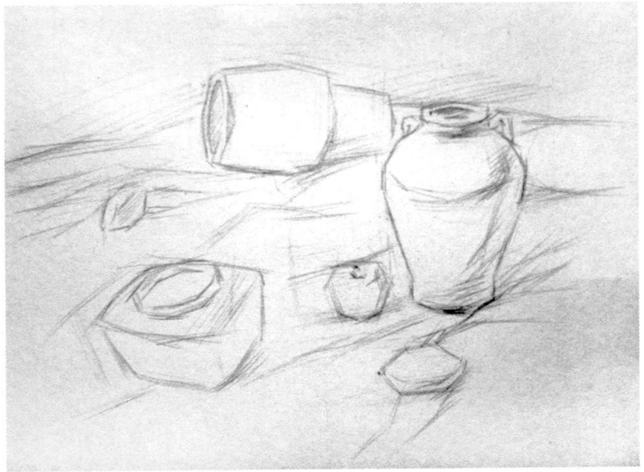

1

2

3

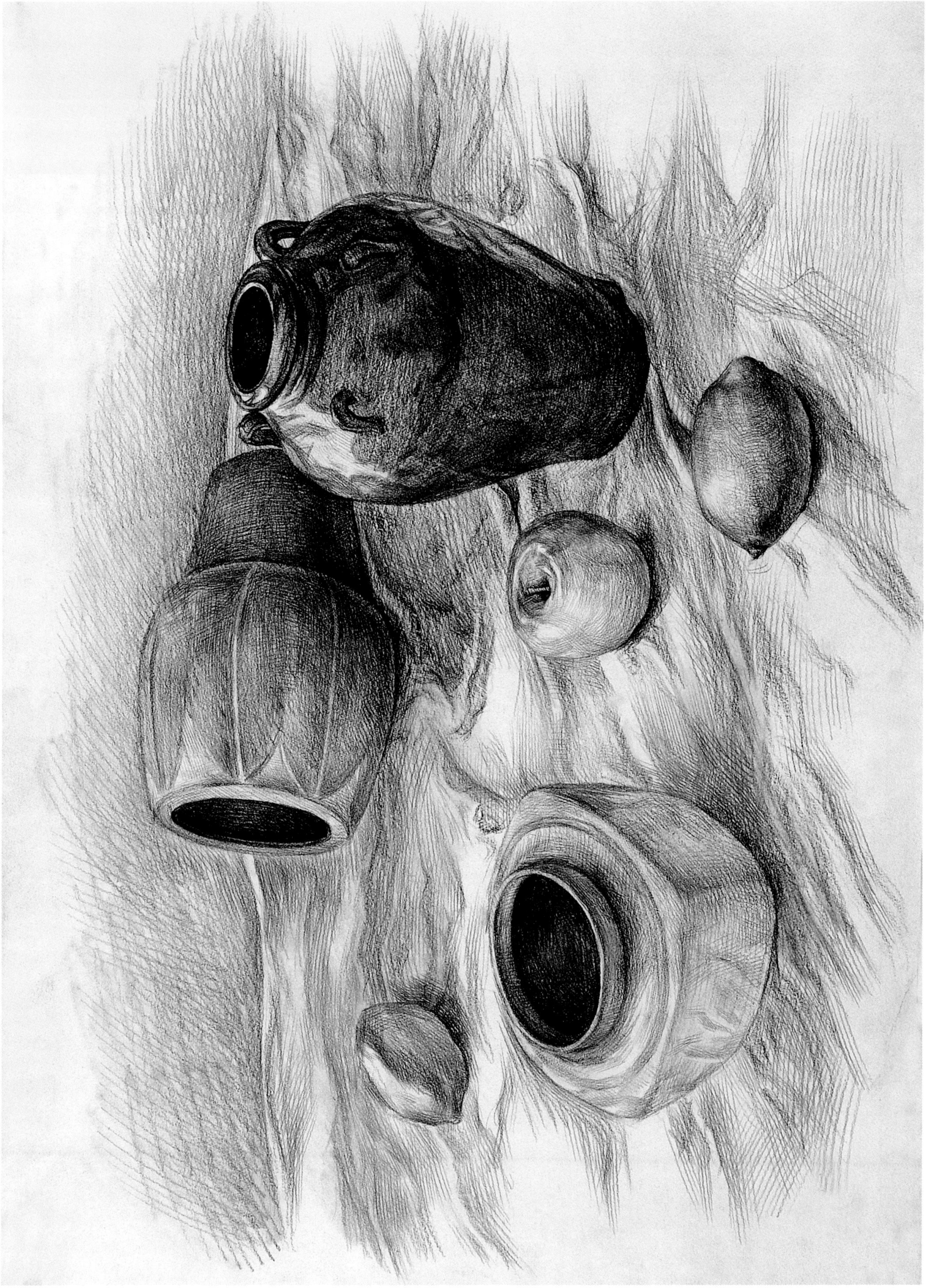

4

金属器皿的组合

金属的表面有强烈的反射效果，易受环境光线的影响，暗部有较强的反光，明暗变化反差极大。作画时要抓住主要的光源和主要高光，避免画花。明暗交界线和最亮的高光深浅距离拉得很开，中间色层次丰富。作画时要区别橡胶圈和金属质感的不同。

步骤详解

1. 起稿的线条可以硬朗一些，可以先方后圆地进行处理造型。要注意造型的透视和金属结构的细节。

2. 在画面的合适位置交代物体的造型，透视要准确。

3. 画出大体的明暗关系，注意哑光的铜器和高光的不锈钢器皿的固有色的区别，交代好明暗交界线，不锈钢的反光和高光比铜器的强烈。

4. 深入刻画的时候要确定光源，铜器的表面处理要深沉，不锈钢的表面容易受环境色彩和物体的影响，注意不要画花，要注意亮部的完整。

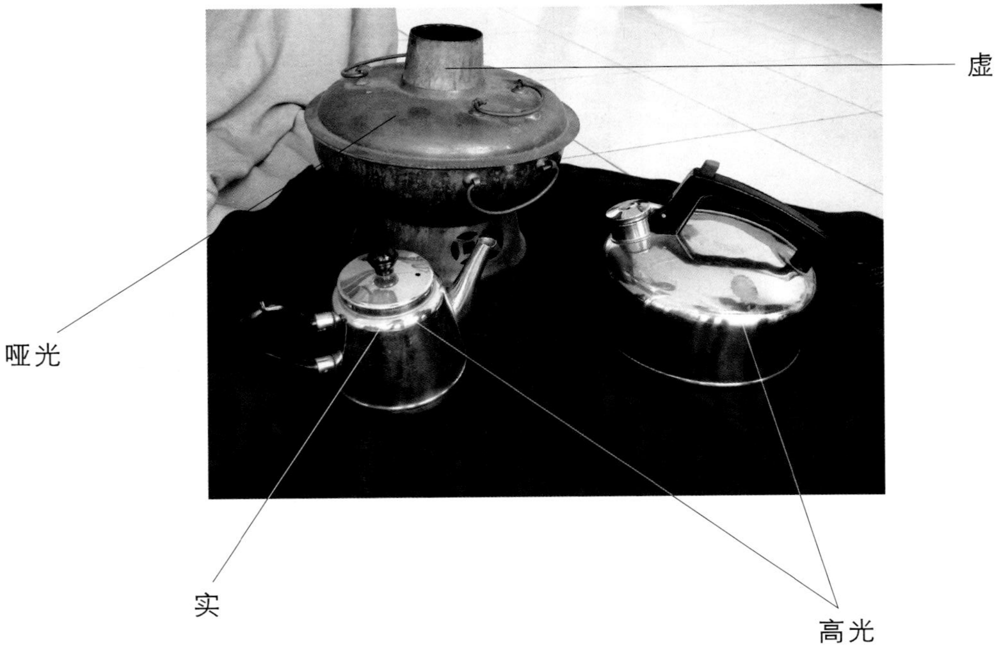

1

2

3

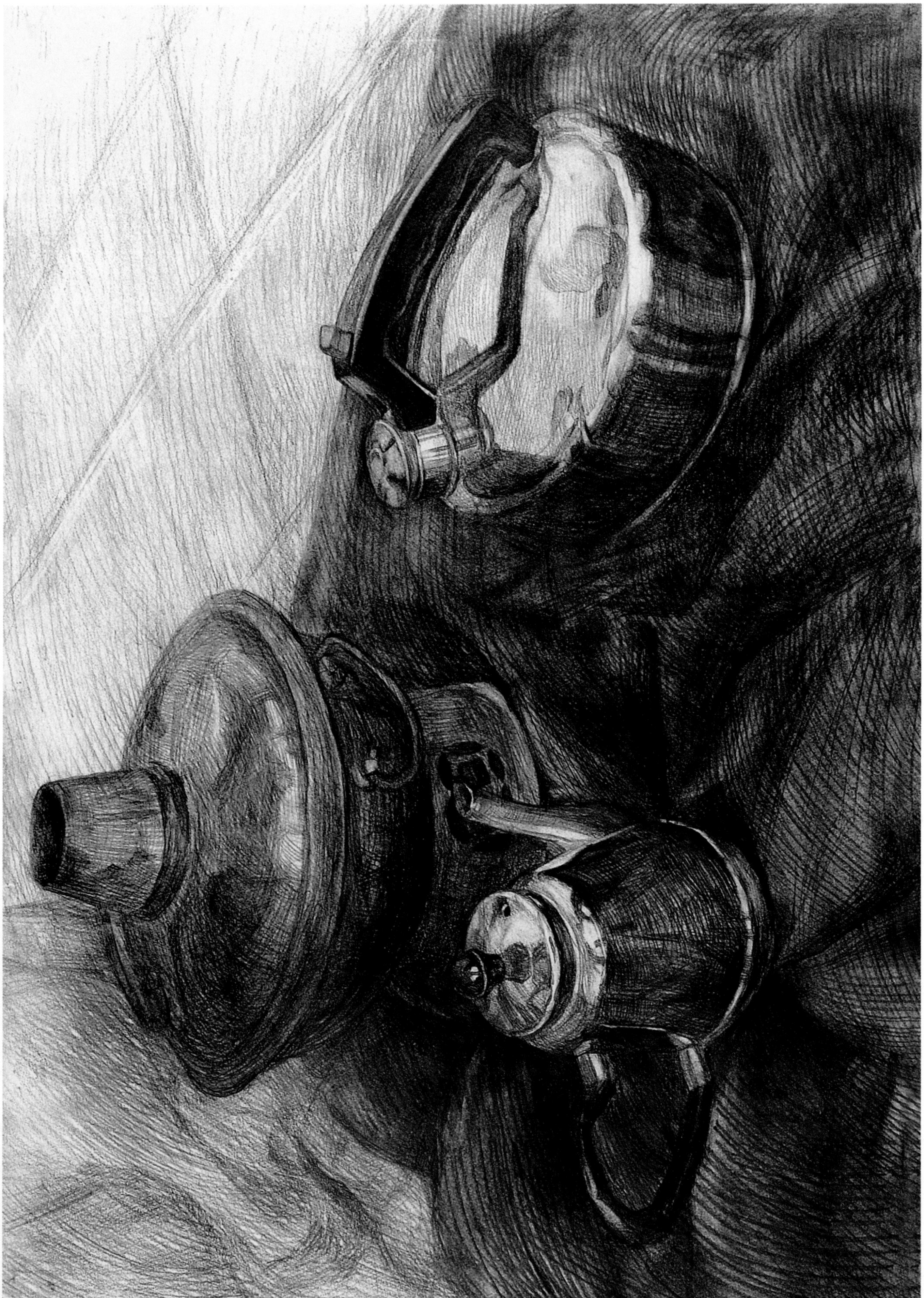

4

玻璃器皿的组合

玻璃器皿透光性强，是表面光洁的物体。写生时可先将物体的层次、背景和物体的明暗关系大体画一下，再用硬一点的铅笔深入刻画，使高光与反光强调出来。排线要紧密一些，这样才能表现出玻璃制品透明光洁的质感。

步骤详解

1. 起稿时要感受整张画面的透明度和玻璃的坚硬的质感。起稿的线条要柔和，便于后面的塑造。

2. 画出大体的明暗关系，要透过玻璃器皿观察整体的色调，切勿局部地画单个造型。

3. 确定光源，找出明暗交界线的微妙关系，一般来说，玻璃器皿的明暗交界线在静物的最高点，结合背景略微加强。

4. 适度地交代一下明暗交界线、投影、反光的关系。深入刻画时灰色层次要丰富，过渡要自然，但不能太碎。注意掌握透明处的色彩和其他的色彩的明度区别，保持透气的空间关系，边缘高光要适当刻画，以强调暗部的反光，并且与柔软的衬布进行对比。自始至终要保持整体地观察画面。

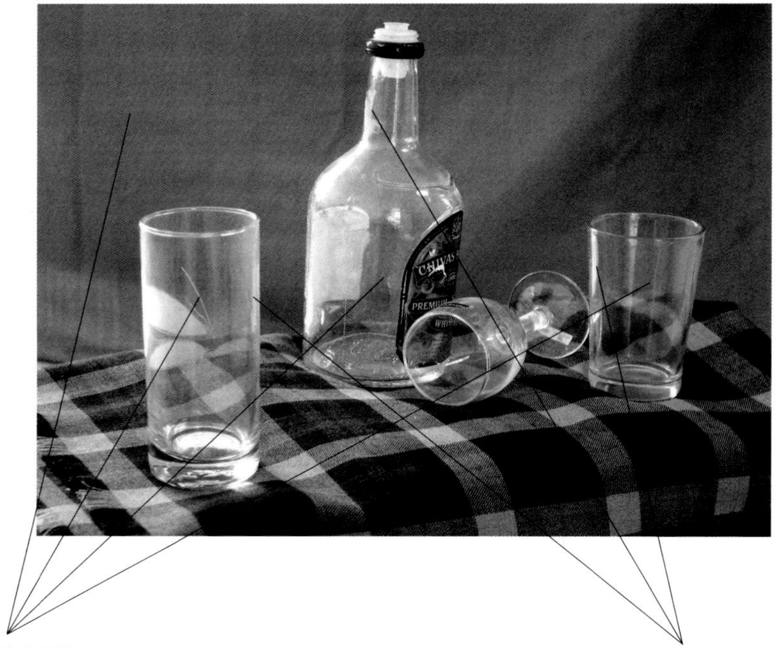

1

2

3

4

衬布

衬布在静物写生中是不可缺少的内容。布料的质感主要通过布的皱折变化和用笔来表现。悬挂的布褶纹较多，作画时要注意疏密的节奏变化，形体要概括、不琐碎。

步骤详解

1. 起稿的时候要先感受一下它的外廓形，做些有趣的边缘变化会是画面的亮点表现。

2. 交代一下叠加的部分衬布的线条变化和层次，注意柔软的衬布的线条变化，略做一点明暗的处理。

3. 把大的明暗调子画下来，要注意暗部的色度的把握，再向亮部做黑白灰的层次过渡。

4. 刻画时要注意亮部的质感表现要柔软，有些褶皱要处理得自然，每一大块面都有微妙的明暗交界线和反光，暗部要透明，整体塑造时不要太碎，要完整地观察衬布，布的纹理转折和褶皱的结构要自然合理，切勿生硬呆板。

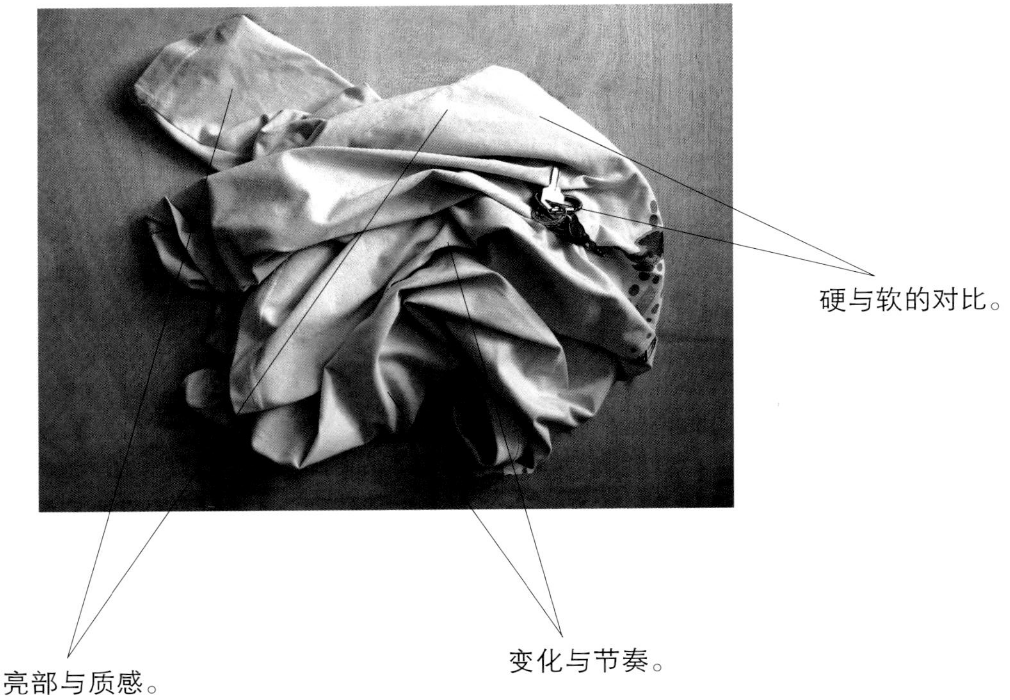

1

2

3

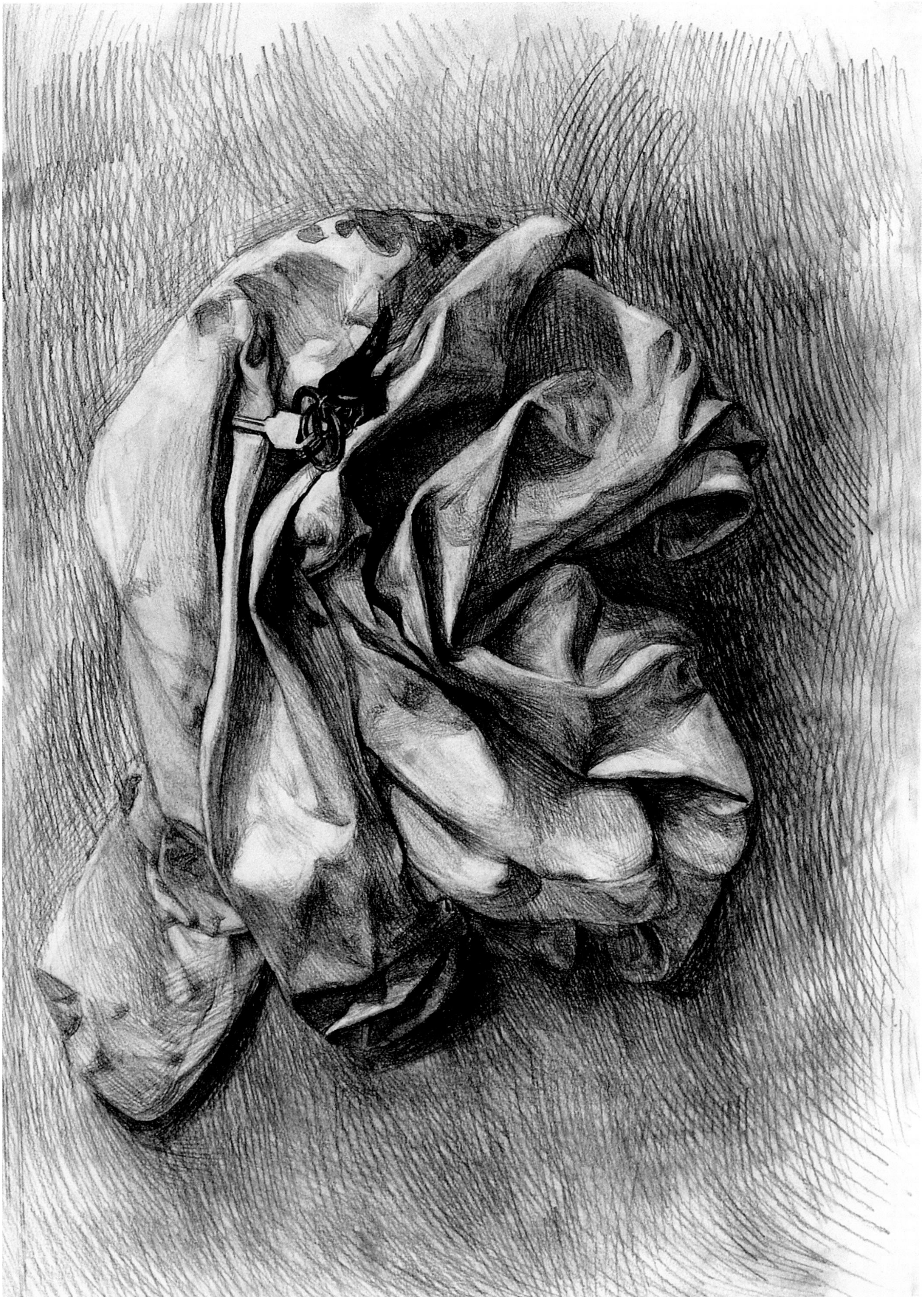

4

优秀范画

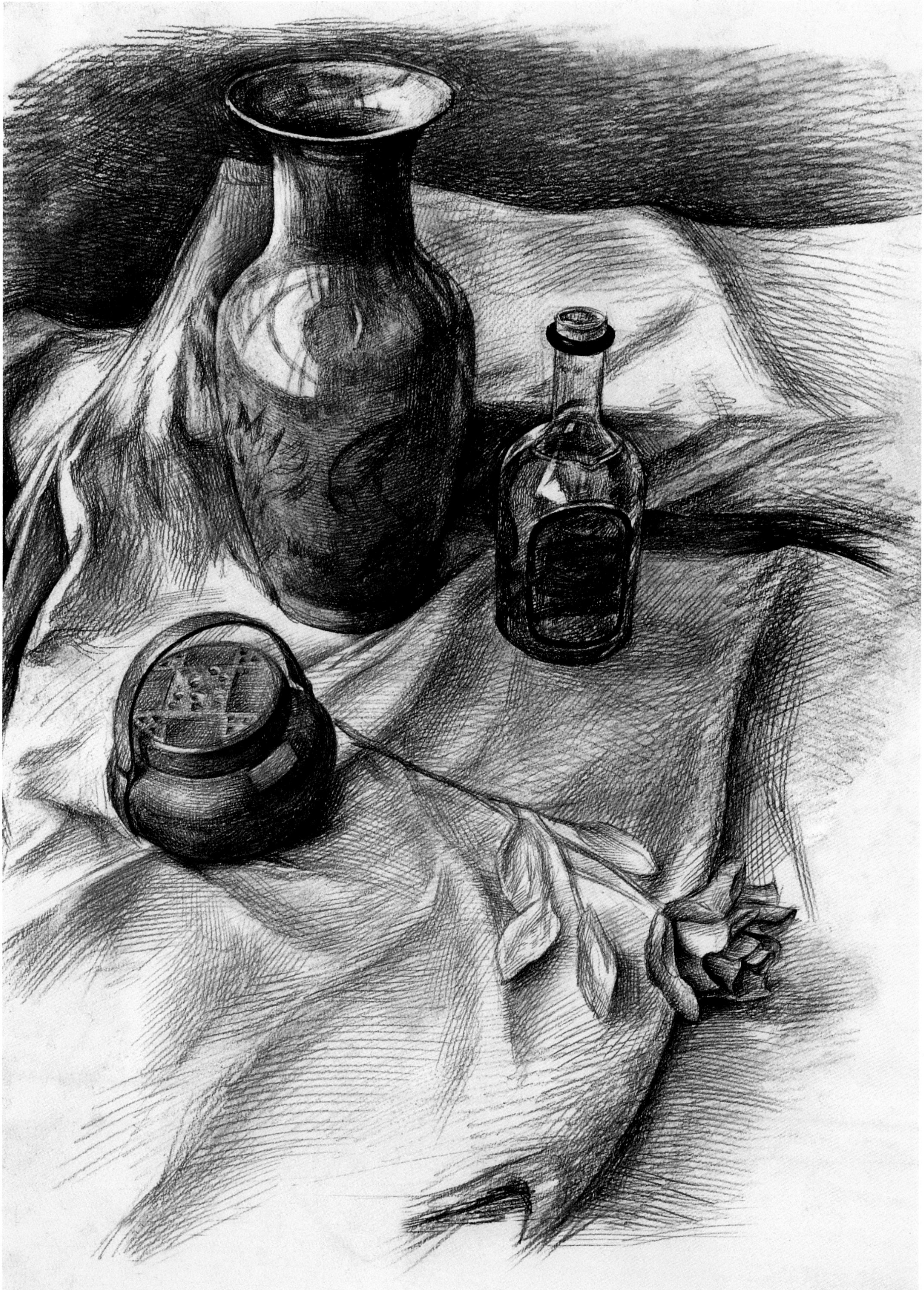